吹泡泡

林君鴻兒童文學獎
童詩作品集

林君鴻兒童文學獎　編著

十年樹木

王家禮

　　民國九十年夏，我因公赴美半載，君鴻向學校請假帶著兩個孩子隨行。妹妹當時剛滿兩歲，哥哥則進入美國的小學二年級就讀。我們住在舊金山灣區，住家附近的河邊有一座美麗的圖書館。君鴻每週從那裡借出許多本兒童故事書當作孩子們的床前故事，也經常在老大放學後帶他們到圖書館裡溫馨的童書區，唸讀本給他們聽。每唸完一本，兄妹倆便興奮地在書架上上下下各自尋找下一讀本，一直到孩子們滿足了，或是我催著大家回去吃飯了。孩子們沿著河邊走回家時，還會不斷地追問或是表演著剛才故事裡的情節。

　　君鴻期盼在我們自己的家鄉，也能有這麼好的童書區和這麼豐富的中文童書。她是唸西洋文學的，在美國修讀碩士時，論文題目是探討冒險故事「唐吉軻德」的作者塞萬提斯的文學世界。因此在閒暇之餘也曾嘗試創作兒童故事。沒有想到回國後她旋即發現罹病，半年後

就離開了我們。

對幼小的孩子們來說，有一個愛說故事的媽媽是最幸福的。哥哥與君鴻相處的時間較長，他的想像力和創造力得到很好的啟發。君鴻走後，我接替著講睡前故事，但是總覺得無法做的像君鴻那般溫柔。不過，兄妹倆在懵懂的時候失去母親，我們還是靠著一起閱讀友人簡媜寄來一些與孩子談死亡的童書走出困境的。

因此，當我想要為她做些甚麼的時候，鼓勵年輕學子從事兒童文學創作的想法就很自然的湧上心頭。君鴻生前的好人緣，使得這個心願得到東華文學院同事的全力幫助而實現。我們成立了一個委員會來推動這件事，顏崑陽教授、曾珍珍教授、吳冠宏教授、唐淑華教授、須文蔚教授負責文學、兒童心理和傳播方面的審議，陳淑娟小姐、尹麗君小姐、周白麗小姐、張淑慧小姐和吳亞儒小姐則熱心周到的協助行政事宜。

從那時開始，每一屆的文學獎從選定徵文的種類、開始收件、計算投稿總數、聘請評審、決定名次，到頒獎典禮，就成了我一年當中殷切期盼的事。尤其是參加文學院精心籌辦的頒獎典禮，除了看見這個小樹苗的成長、茁壯，典禮中豐富的文藝表演，對整天浸淫在數學邏輯思考的我來說不啻一場心靈的饗宴。

去年哥哥滿十八歲，要離開家去讀大學了。我對他說：「你可能不相信，我比你還要高興」；君鴻兒童文學獎也已舉辦十屆而能集結成冊了。我衷心的感謝委員們的付出，和這十年來許多熱心朋友的幫助，特別是明道文藝前社長陳憲仁教授讓文學獎的得獎作品刊登在明道文藝期刊，以及花東文教基金會張瑜芬女士贊助這次的出版發行。

　　期盼這本童詩集能成為媽媽們唸給孩子聽的床邊故事的素材。

推薦序

詩，就在我們天真的心靈裡！

顏崑陽

　　林君鴻，一個聰明、漂亮、開朗、溫柔的媽媽。她喜歡孩子，時常說故事、朗讀詩歌給孩子們聽。兒童文學，是君鴻用來疼愛孩子們的寶貝。

　　突然一場噩夢，君鴻去了一個孩子永遠找不到她的世界。她說故事、朗讀詩歌的聲音消失了，孩子再也聽不到了；只聽到很多人的哭聲。那時候，她還很年輕，孩子們還很小。

　　孩子們的爸爸，王家禮教授很悲傷、很思念妻子，那個會說故事、朗讀詩歌給孩子們聽的媽媽。他做了一個決定，讓妻子的靈魂在兒童故事、兒童詩歌裡繼續活著，讓更多喜歡孩子的人，說故事、寫童詩，給更多孩子們聽、給更多孩子們讀。

　　孩子們的爸爸，王家禮教授很誠懇的掏了腰包，「林君鴻兒童文學獎」就這樣成立了，那時是二〇〇二年。到現在，已經滿十歲了，可以收穫豐美的果實；我

們就打算將得獎作品集結起來出版，讓更多爸爸媽媽讀給自己的孩子們聽。

君鴻還在說故事、朗讀詩歌給孩子們聽的那時候。她的工作，就在東華大學人文社會學院，當我這個院長的助理。她很聰明，很能幹，很負責任。突然，有一陣子經常請假，胃痛、背痛，必須看醫生。她很快就會好回來吧！我想；卻怎麼也沒想到，惡毒的胰臟腫瘤，君鴻就這樣去了一個孩子永遠找不到她的世界。

這個文學獎管理委員會的召集人，我當然擔了下來。同時，也得謝謝曾珍珍、唐淑華、吳冠宏、須文蔚幾位教授的幫忙，一起組成委員會，把這個文學獎辦得有聲有色，因而受到文學界及文化界的重視。得獎作品，《明道文藝》很熱心的協助刊登，有些學者收集它來做為兒童文學的研究資料。如今，花東文教基金會、秀威資訊科技公司更幫忙出版十周年的得獎作品集。

「童詩」有二個意思：一個是兒童寫的詩；另一個是大人寫給兒童讀的詩。我們這些得獎的童詩，都是大人寫出來的。作者幾乎都是年輕的大學生、研究生。他們距離兒童不算很遠，「童心」還蹦蹦跳跳著。

「童心」本來就蘊藏了很多真趣的詩歌。我的女兒默默，差不多四歲的時候；有一天，我們帶她去翡翠

水庫玩——其實是大人想到這種地方玩。我們走進一條
很長的隧道。我拉開喉嚨，大喊一聲，前方隨即迎面撲
來相同的聲音。那是什麼？四歲的孩子好奇的問。那是
「迴音」，爸爸很科學的回答。「迴音」是怪獸嗎？孩
子又問。爸爸只好收拾掉科學頭腦，跟著天真起來：是
呀！很兇喔！爸爸做出惡狠狠的表情。老虎更兇，我要
養一隻老虎，叫他吃掉「迴音」！孩子齜牙咧嘴，比爸
爸還要兇。

　　這就是「童心」，這就是「詩」。這時候，「科
學」只好先到旁邊去罰站。

　　詩，原本就在我們天真的心靈裡、就在我們還沒有
被套上各種知識及功利框框的日常生活裡。「童心」失
去了，日常生活被很多框框套住了；詩，也就連芽帶根
枯萎了。

　　這是一個幾近沒有「詩」的時代；而且叫人嘆氣
的是，我們的孩子恐怕四歲不到，就明白「迴音」不是
「怪獸」；而是音波傳遞，碰到障礙物，反射回來。一
個太早被套上合理化、功利化外衣，而沒有詩、沒有神
話故事的童年，究竟有趣嗎？快樂嗎？

　　寫「童詩」並不比寫「成人詩」容易。鄭愁予、余
光中、洛夫、羅門等，這些大詩人恐怕也沒把握能寫出

很「適合」孩子閱讀的童詩。寫詩，需要感覺、想像。孩子們的感覺、想像是完全沒有加味過的豆腐；大人們的感覺、想像，卻可能就是紅燒豆腐、麻婆豆腐、皮蛋豆腐，甚至是臭豆腐，多少加入人工調味料或特殊烹調法。因此，還沒有完全失去「童心」的人，比較能寫出「適合」孩子們閱讀的「童詩」。不過，一個人活到十幾歲以後，就很難依舊是一塊完全沒有加味的豆腐，因此能寫出讓孩子們讀得懂的詩，觸動他們的感覺、引發他們的想像，撥動他們心弦自然的音符，餵給他們純真的樂趣，而不污損他們的心靈，這就是很好的「童詩」。年紀越大，越不容易寫出這樣的詩來。

「林君鴻兒童文學獎」第五、六、七、九、十，這幾屆都徵求了童詩。十五篇得獎作品，雖然未必百分之百符合我上面所說「童詩」的特質；但是，能得獎，也就不會差太遠。喜歡童詩嗎？你可以讀讀看。但我要提醒你，儘量拿「童心」去品嘗；然後，也朗讀給還不很識字的孩子們聽，就像林君鴻當年那樣。

我想，對這些得獎的年輕詩人們來說，最快樂不只是因為得獎，而更因為還有「童心」能寫「童詩」；尤其在這幾近沒有「詩」的時代，寫「童詩」這件事，本身就是一種不必用錢買取的快樂。

CONTENTS

3　推薦序　十年樹木／王家禮
6　推薦序　詩，就在我們天真的心靈裡！／顏崑陽

16　第五屆　第一名　　作者：施懿安
　　　　　　　　　　　作品名稱：粉筆花

18　第五屆　第二名　　作者：郭文昌
　　　　　　　　　　　作品名稱：山

20　第五屆　第三名　　作者：劉昭仁
　　　　　　　　　　　作品名稱：媽咪回來啦

23　第五屆　佳作　　　作者：許蓁翔
　　　　　　　　　　　作品名稱：影子

25　第五屆　佳作　　　作者：黃超群

作品名稱：浪花

28　第五屆　佳作　　　作者：賴思辰

作品名稱：月下歌

31　第六屆　第一名　　作者：郭庭瑄

作品名稱：有一陣風

33　第六屆　第二名　　作者：丁明蘭

作品名稱：夏天回來了

36　第六屆　第三名　　作者：張若茵

作品名稱：阿巧的放假日

39　第六屆　佳作　　　作者：張奕文

作品名稱：夜景

42　第六屆　佳作　　　作者：鄭玉珊

作品名稱：吹泡泡

44　第七屆　第一名　　作者：張勃星

作品名稱：閱讀（說給你聽）

47　第七屆　第二名　　作者：謝因安

作品名稱：小小的木筏

50　第七屆　第三名　　作者：邱貞禎

作品名稱：如果爸爸休假

回來陪我

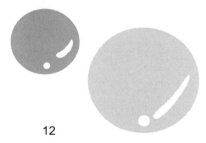

53　第七屆　佳作　　作者：劉吉純

作品名稱：浴室裡的鏡子

56　第七屆　佳作　　作者：顏志豪

作品名稱：童年

61　第七屆　佳作　　作者：鄭玉珊

作品名稱：夢見海風

65　第七屆　佳作　　作者：蔡季恆

作品名稱：等待星星的夜晚

68　第七屆　獨幕劇　作者：吳明益

作品名稱：小蛇安全回家的路

82　第九屆　第一名　作者：陳怡萱
　　　　　　　　　　作品名稱：奶奶累了

83　第九屆　第二名　作者：吳秋燕
　　　　　　　　　　作品名稱：路燈

85　第九屆　第三名　作者：陳偉哲
　　　　　　　　　　作品名稱：世界之窗

88　第十屆　第一名　作者：趙文豪

作品名稱：蛀讀

91　第十屆　第二名　作者：郭懿萱

作品名稱：大樹媽媽的孤獨

95　第十屆　第三名　作者：翁心怡

作品名稱：剪頭髮

15

第五屆　第一名
粉筆花

施懿安

老師在黑板上
種下五顏六色的粉筆花
要我們
把花素描在課本上

等到下課
我們拿著厚厚的除草機
豪邁的用力一割
花瓣瞬間粉碎
只剩下沾染著的淡淡色彩
和飛揚在空中的細末花粉

我持著小小的毛耙子
細心修除已枯萎的花瓣
把一塊乾淨的墨綠草皮
留給下堂課的老師
種上其他品牌的粉筆花
供我們欣賞
也繽紛我們的生活

第五屆　第二名
山

郭文昌

山睏了　就把愛玩的太陽收到懷中
地　是山的床
躺起來軟軟的
雲　是山的棉被
蓋起來暖暖的
月　是山的夜燈
照起來柔柔的

山　靜靜的睡著了
還輕輕的打呼
忽然間　山的身上出現一片光

原來是愛玩的太陽跑出來了
天亮了　山醒了　睡飽了
好舒服喔～

第五屆 第三名
媽咪回來啦

劉昭仁

滴答、滴答、滴答，
十元硬幣正冒著汗，
雞蛋熟了嗎？

碰！
媽咪出門去！
YA……
墊長椅，
踏著張開大嘴的黑怪獸，
咦！
聲音比剛才還悅耳，

我是天才鋼琴家。
左腳一步，
右腳一步，
跳跳跳、跳跳跳。
滴答、滴答、滴答。

碰！
媽咪回來啦！
哇⋯⋯
抬頭挺胸、端身正坐，
冰冷的十元硬幣放在手背上，

微溫的橢圓雞蛋握在手心裡，

壓下黑色琴鍵與白色琴鍵，

滴答、滴答、滴答……

第五屆　佳作
影子

許蓁翔

白天，
我是忍者，
懂得施展分身忍術，
除了我，
還有一位黑衣替身，
我們倆，
一前一後，
有時我前，有時我後。
夜晚，
我是凡人，
不懂任何分身絕技，

所以，
除了我，
還是我。

第五屆　佳作
浪花

黃超群

調皮的浪花　沒有家
沒有方向的東奔西跑
四處遊戲　流浪
海鷗笑他　沒有家
魚兒問他　「不想家？」

寂寞的浪花　在找家
沒有目標的流浪四方
到處找尋　自己的家
珊瑚笑他　小呆瓜
海星問他「家在哪？」

悲傷的浪花　　很想家

無奈的奔波遊蕩

妹妹遇見了浪花　　決定為他找個家

用了沙，築起一座沙堡雕

開心的浪花　　雀躍奔向前

「嘩啦──」

浪花　　又沒有了家

繁星點綴　　萬物寧靜的夜來了

海鷗媽媽帶著海鷗劃破天際　飛向黃昏曉的那一端

魚兒們潛入海中　悠閒遊走大 海間

珊瑚姊妹們窩在一旁　談著今天發生的趣事

海星和海星哥哥懶洋洋躺在海底　悠哉瞭望廣闊星空

只剩憂鬱的浪花　找不著自己的家

月兒安慰他　用溫柔絲綢般的光照耀他

浪花輕輕躺在大海裡　緊緊抓著月光

這時浪花才發現　大海原來就是他的家！

第五屆　佳作
月下歌

賴思辰

月光打翻
湖面悠悠亮亮
媽媽說
那是嫦娥姐姐的眼淚在
閃閃發光
妹妹問媽媽
月亮上有小兔兒作伴
姐姐哭泣為哪樁？

傳說
廣寒宮中月桂樹飄香

樹爺爺將根抓牢
讓夢境不再流浪

永遠待在
同一地方

姐姐的夢裡有家鄉
只是
她在彼方

媽媽的笑裡有月光
小腦袋兒晃啊晃
哪裡是彼方？
何處是家鄉？

風爺爺吹皺了湖面
打散了淚光

妹妹在媽媽身邊吃餅剝柚的地方
就是家鄉

第六屆　第一名
有一陣風

郭庭瑄

從前從前，有一陣風
吹過笑咪咪的太陽公公
媽媽跟我說
他活得比阿嬤還久
他吹過好久以前的台灣
吹過海盜的大船
然後吹到我家曬衣服的陽台

媽媽跟我說
他也吹到美國的阿姨家
也吹過日本的姑姑種的櫻花

我跟媽媽說
我想和風去兜兜風、渡渡假
我想問問他
能不能帶我到天國找阿公
讓我再摸摸阿公皺皺的臉頰？

第六屆　第二名
夏天回來了

丁明蘭

太陽和風串通好了
合力滾著火球奔跑而來

大樹和蟬串通好了
葉兒沙沙只聽得見聲響

羊肉爐和冰淇淋串通好了
它要離開超級市場準備前往北方
羊肉爐對大夥說，
嘿，我不在家的時候，請好好照顧隔壁的冷凍湯

媽媽和爸爸串通好了
安親班游泳班作文班書法班畫畫班
他們對我說，
嘿，寶貝，新朋友老朋友都在那裡

其實，他們都不知道
我和夏天也串通好了
請它回來的時候記得敲一敲我的窗
帶來白色的小狗和戰鬥機的尾巴

快看啊！
很胖很壯的雲被曬黑了就哭了
它的眼淚跟超人圍兜兜上的圖案一模一樣

我才發現
原來，天空和雨也串通好了
它們拿出新買的蓮蓬頭痛痛快快洗了個熱水澡

第六屆　第三名
阿巧的放假日

張若茵

在巨大的魔鏡裡，看到另一個自己，
一樣的鼻子，一樣的眼睛，一樣的嘴巴，
一樣的動作，卻發不出任何聲音。
幫助灰姑娘把南瓜變成馬車的婆婆，揮一揮仙女棒，
我，神奇的走出，像機器人一樣！

叩–叩–叩，「有人在家嗎？」
「你好，我是阿巧七號，請輸入密碼。」
「1–9–8–7，密碼輸入錯誤，提示一：生日。」
「0–5–1–4，恭喜登入成功，請選擇工作項目。」

2008年10月27日，星期1，天氣☀

07：00，ㄕㄤˋ ㄒㄩㄝˊ。

10：30，ABCㄉㄧㄢˋ ㄒㄧˊ。

15：00，ㄒㄧㄚˋ ㄎㄜˋ。

17：30，ㄒㄧㄝˇ ㄗㄨㄛˋ ㄧㄝˋ。

20：00，ㄍㄤ ㄑㄧㄣˊ ㄎㄜˋ。

22：00，ㄕㄨㄟˋ ㄐㄧㄠˋ。

幫牙齒美白後，躲進棉被裡，等媽媽關上房門，
悄悄的打開衣櫃，跟阿巧七號說聲晚安。

「嗶–嗶–嗶，用電量只剩下三十分鐘。」
啊！怎麼辦？

從牆邊找來延長線，可是沒有插座可以接，
從抽屜找來乾電池，可是沒有底座可以放，
從窗外尋找太陽能，可是只有月光的照耀。
「電量已用畢，此機器人三秒後自動消失。」
啊！一天的放假生活，
結束了！

第六屆　佳作
夜景

張奕文

黑漆漆裡面

有一條橘色的龍

一點一點的身體

閃閃發光

跟星星一樣

爸爸說那是公路龍

會帶我們回家

黑漆漆裡面

風從耳殼旁邊溜過去

呼～嗚～
蝸牛在我耳朵裡尖叫

黑漆漆裡面
星星可能看不清楚
不小心掉了下來
掉在龍旁邊
爸爸說那是一盞盞燈
點亮每個人的家

黑漆漆裡面
周遭都在發光
只有我是暗暗的
爸爸叫我張開嘴
裡面黑漆漆

第六屆　佳作
吹泡泡

鄭玉珊

活潑的小魚兒在海裡吹泡泡
一顆顆透明泡泡串成了美人魚頸上的晶瑩珠鍊

愛乾淨的洗衣粉在洗衣機的大肚子裡吹泡泡
一堆堆雪白泡泡翻成浪花
興高朵烈地
隨著水的韻律　跳起舞來

淘氣的風朝著氣球小販手中用力一吹
就飛揚起滿天五彩繽紛的大泡泡

迷糊的蠶寶寶也想吹個大泡泡
卻傻呼呼地把自己困在泡泡裡　久久無法脫身

春日午後　小妹妹在陽光下吹泡泡
吹出了千百個夢幻水晶球
每個水晶球都閃爍著
七色的虹　與　純真小朋友才能看見的神祕仙鄉

第七屆　第一名
閱讀（說給你聽）

張勃星

我翻開
天空的
書
閱讀飛翔的鴿子
溜達的白雲
燦爛的太陽
將它們一一裝進
我的腦子裏
說給你聽

我翻開

海洋的

書

閱讀悠游的魚兒

柔軟的海草

慵懶的珊瑚

將它們一一裝進

我的腦子裏

說給你聽

我翻開

陸地的

書

閱讀奔跑的馬兒

青翠的森林

微笑的容顏

將它們一一裝進

我的腦子裏

說給你聽

第七屆　第二名
小小的木筏

謝因安

我要用夏天的椰子樹，
做一艘
有屋頂的木筏，
撐起桅杆
張開白帆
航向碧海藍天。

信天翁當導航，
海龜訴說著古老的故事，
烈日當空，海鷗為我加油，
沙丁魚也幫我開路。

有時，

風不平浪也不靜，

小小的木筏搖晃在昏暗之中。

但

風帆會跟著我一起搏鬥，

咻咻的強風，

不會將我打倒；

洶湧的海水，

不會將我淹沒。

因為，我知道

風雨過後必定更加湛藍。

夜晚，月亮笑了
與星星們聊著，
鯨魚在遠方唱著歌，
水母跳著溫柔的舞，
我躺在小木筏裡，
向跳躍的海豚說聲
晚安。

第七屆　第三名
如果爸爸休假回來陪我

邱貞禎

如果爸爸休假回來陪我，
我要賴在他寬厚的懷裡，
告訴他在學校裡發生的事，
有趣的故事好多好多，
爸爸可以聽我說好久，好久！

如果爸爸休假回來陪我，
我要牽著他溫暖的大手，
一起去買好吃的咖哩麵包，
熟悉的道路好長好長，
爸爸可以陪我走好久，好久！

如果爸爸休假回來陪我，
我要拉著他堅毅的膀臂，
踏步到隔壁的公園放風箏，
風箏的線頭拉得好遠好遠，
爸爸可以陪我飛好久，好久！

我最會放風箏了！
每天去放的風箏，
總是飛得又高又遠，
差一點點就能碰到天空！

所以爸爸一定也看得到，
我在風箏上替他畫的畫像，
還有希望他休假回來陪我的字句。

如果爸爸從天堂休假回來陪我，
我要緊緊抱住他，
告訴他我很想念他，
也要告訴他我愛爸爸，
我會愛他好久，好久！

如果爸爸休假回來陪我。

浴室裡的鏡子

劉吉純

爸爸進來了
他的嘴角全是泡泡
像生日被砸奶油的壽星
刮鬍刀在泡泡上溜冰
不久
爸爸的臉真的變成冰河了

媽媽進來了
眼角彎成一道藍色的月牙
眉毛神氣得像要展翅飛翔
粉嫩的漣漪在兩頰漾開

笑起來的時候
還划來一艘紅艷艷的鳳尾船呢

姊姊進來了
霧騰騰的熱氣
把我打扮成披婚紗的新娘
在朦朧的詩意裡
和溫柔凝視著我的燈泡新郎
相互許諾一生

弟弟進來了
沾滿泥巴的手
扣上板機
咻
射出水槍
瞬間
水花四濺
泥漿飛舞
啊
我變成了麻子臉

第七屆　佳作

童年

顏志豪

我家住在海邊

海風咻咻的吹
冬天也吹
夏天也吹
秋天也吹
冬天也吹
海風說：「我要不停的吹，你才知道回來。」

香菇肉臊

奶奶熬的香菇肉臊　好香
我偷留一點在日記簿裡
想吃的時候
再拿出來聞一聞

紙飛機

用昨天日曆紙折成的紙飛機
究竟要飛去哪裡
我也不知道

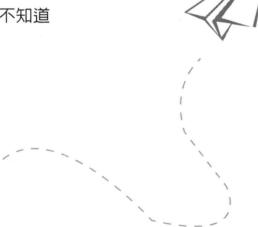

蚊子

嗡嗡嗡
飛來
又飛走　當我快忘記牠的時候
牠又悄悄飛到我的耳朵旁
拉高嗓子說：「你長大了喔。」
每次都嚇我一大跳

忘了

啊！忘了帶家庭聯絡簿
只好趕快打電話回去給爺爺
要他幫我送來！（噓！不可以讓爸媽知道！）
爺爺！我這次忘了帶小時候的日記本
你可不可以也幫我送來？

第七屆　佳作
夢見海風

今年夏天，爸媽帶我到澎湖度假
夜裡，海風爺爺由敞開的窗戶溜進房內
再輕巧地鑽進我的夢中，驕傲又神氣地告訴我：
「曾有千年時光，我都是令人類又敬又畏的海上霸王
只要輕輕吹口氣就能推動萬噸巨艦
我最愛以此炫耀無與倫比的肺活量！
數星星、迎朝陽，每日在無涯波濤中瀟灑領航
負責揚帆的水手們隨時窺探我的臉色
只擔心我忽然發怒，他們全要葬身於茫茫汪洋

夢見海風 61

我曾暗中協助維京人的海盜旗縱橫北海
也淘氣地戲弄過哥倫布，讓他迷失往印度的正確方向
卻悄悄將他帶到千里之外的巴哈馬群島！
有陣子心情特別好
就親切護送鄭和的船隊平安抵達南洋
順便嚐一嚐榴槤的獨特芳香」

我好奇地問：「是不是因為你故意搗蛋，鐵達尼號才
會誤觸冰山？」

海風爺爺趕緊澄清：「喔！那與我完全無關
當時我已因蒸氣船出現而申請退休
轉職到熱帶渡假小島
只負責在沙灘夕陽下搖曳椰子葉吹送陣陣清涼
或是在空氣中飄散著各種海鮮料理的香氣
讓度假的人們充分感受慵懶放鬆的生活情調

雖然我的豐功偉業已成昨日雲煙
但如果你願意聆聽我這個老頭子閒話當年
我很樂意在夜深人靜時　偷偷鑽進你的夢鄉
在浪潮的伴奏中叨叨絮絮地告訴你

發生於壯闊澎湃的海風時代裡
所有值得銘刻於歷史的燦爛輝煌！」

第七屆　佳作
等待星星的夜晚

蔡季恆

星星們

都到哪裡去了呢？

為何我抬頭一望

天空只有一片無邊的黑暗，

及一彎孤獨的月，

染著淡黃的寂寞，

有多遠呢？

我和天空的距離

要多久呢？

才能碰觸幾萬光年後，

最真實的熱度，

又是一個無星的夜，
啄食星光為生的夢之鳥們，
在睡裡安詳的死去，
還存在我心中嗎？
所追求的夢想之火，
是不是已沉沒在冷冷的月光中，
但為何仍執著於不被認同的執著，
堅持於視為任性的堅持，
我在等待的是甚麼？
我期盼的是甚麼？
又是一個無星的夜，

都到哪裡去了呢？
星星們！

第七屆　獨幕劇
小蛇安全回家的路（獨幕劇）

吳明益 / 東華大學國民教育所博班

一、小蛇和爸爸發生車禍了

（幕尚未開啟時，僅一盞spotlight投射在布幕中央之「蛇」上）

口白：英綸和阿媽、姊姊一樣，最害怕蛇了。

這一天，發生了一個「小蛇」的小故事。

（幕啟，餐廳內有餐桌、四張椅子，英綸和媽媽坐在一起）

媽媽：英綸，爸爸說他從富里趕路回家囉！爸爸走「193縣道」，他還帶了姨婆做的「菜頭粿」，還是熱的喔！

英綸：喔，「193縣道」啊，上次我們還去寫生呢！那條路車子少，又靜又有柚子花香，我和爸爸把他取名「靜香花道」呢。

（英綸在桌邊的沙發上開燈閱讀）

（爸爸回來了，坐在媽媽旁邊，偷偷告訴媽媽）

爸爸：我在路上發生「車禍」了，在193線道公路上，我壓到了一條蛇！

媽媽：啊！沒時間了，我們得趕緊去參加聚餐呢！

（英綸偷偷聽到了，嚇了一大跳！爸爸媽媽走進臥房換衣服，準備去參加朋友的聚餐）

口白：雖然英綸很討厭蛇，但是他卻擔心那條
　　　蛇會不會被爸爸的車子壓死？

二、蛇到底有沒有被爸爸的車壓死？

（在餐桌上，英綸、阿公、阿嬤、姑姑、哥哥
一起吃飯）

英綸：阿嬤，你猜猜看，如果蛇被車子壓到，
　　　會不會死啊？

阿嬤：那要看車子大不大啊？如果是大卡車，
　　　可能就會被壓死。

（英綸聽了暫時鬆了一口氣……）

英綸：姑姑，如果蛇被車子壓到，會不會死啊？

姑姑：那要看蛇大不大啊？如果是小蛇，可能就會被壓死。

（英綸又開始煩惱了……）

英綸：大哥，如果蛇被車子壓到，會不會死啊？

哥哥：那要看車子重不重啊？如果坐了個大胖子，可能就會被壓死。

英綸：呼！還好爸爸不是胖子……。

英綸：阿公，如果蛇被車子壓到會不會死啊？

阿公：那要看車子開的快不快啊？如果是開得很快，可能就會被壓死，趕快吃飯。

（英綸又開始煩惱起來了⋯⋯）

（吃完飯，大家收拾碗筷，堂姐、堂弟正好來家裡拜訪，坐在餐桌上吃水果，英綸和姊姊、弟弟、妹妹們聊天。）

英綸：今天爸爸說他經過193縣道時，發生了車禍，車子壓到了一條蛇，如果小蛇過馬路，會不會被爸爸的車子壓死啊？

姊姊：那可不一定，嗯⋯⋯可能那天蛇媽媽保護了蛇小孩，嗯，我想一想⋯⋯也可能小蛇太短了，四個輪子都沒有壓到小蛇啊！

弟弟：也可能小蛇被壓到尾巴，後來它找到了
　　　草藥，所以就復原了，也說不定喔，你
　　　不要再煩惱了。
妹妹：小蛇想過馬路！他要吃青蛙啦！……小
　　　蛇被車子壓到，青蛙才可以保住它的小
　　　命呀！你不要再煩惱了！今天來都沒有
　　　玩到，我們要回家了啦！
夜深了，表姊、表妹、表弟都準備回去了。
（燈暗，幕下）

三、蛇要怎麼過馬路？

口白：英綸雖然暫時終於放下心了。可是才一會
　　　兒，他一個人坐在餐桌上，又開始想：

（幕啟，燈亮，燈光照在英綸和小蛇及其他道
具上）

英綸：為什麼蛇要過馬路呢？它是不是要去吃
　　　青蛙啊？

（燈照在青蛙上，青蛙跳著跳著……）

英綸：如果小蛇沒有被壓死，有像「龍貓公
　　　車」一樣的救護車送他去醫院嗎？

（蛇躺在地上奄奄一息，龍貓公車開來把它載走）

英綸：會有「蛇醫生」來救小蛇嗎？

（蛇醫師出現，拿聽筒來救小蛇）

英綸：小蛇受傷了「爬」不動了，會不會被拋
棄了，被老鷹給吃掉了呢？

（老鷹飛下來，把小蛇叼走了）

口白：英綸愈想愈多，愈想愈煩惱……

英綸：為什麼要有那條馬路呢？如果沒有馬路，
蛇不就不會被車子壓到了……。

（蛇靜靜的走著）

英綸：可是沒有了「靜香花道」，爸爸不就也
　　　沒辦法帶熱騰騰的菜頭粿給我吃了？

（爸爸的車子一動也不動）

英綸：也許，爸爸不要開這麼快，不要開這麼大
　　　的車，或者路上有個「警告標誌」提醒爸
　　　爸，爸爸就不會壓到小蛇了！

（警告標誌出來，車子慢慢的動）

英綸：或者，「蛇媽媽」好好的教小蛇「過馬
　　　路要小心」；或者，「蛇爸爸」挖開了
　　　一條地下道，它也不會被車子壓到了。

（蛇媽媽帶小蛇慢慢過馬路）

英編：又假如，「蛇老師」教小蛇「不可以穿越
　　　馬路」，不就可以不被車子壓到了呢？

（蛇老師舉牌子，吹哨子，小蛇停了下來）

英編：可是，小蛇想去旅行啊！它想去馬路的
　　　那頭找朋友，或者去看看外婆。

（小蛇他的朋友，外婆和青蛙在路的那頭向小
蛇招手）

英編：可能他是想找青蛙聊天啊！？怎麼可以
　　　讓他不能穿越馬路呢！？

（燈光暗下來）

四、給小蛇一條安全回家的路

（第二天，一早，在餐桌上，英綸和爸爸媽吃早餐）

英綸：昨天發生的「車禍」，爸爸到底有沒有把小蛇壓死啊？

（爸爸很忙，隨口回答）

爸爸：嗯……我也不知道耶……。咦！你不是很討厭蛇嗎……？

（英綸終於難過的哭了出來。爸爸很訝異，急忙安慰英綸）

媽媽：英綸是不是為了「蛇有沒有沒有被爸爸
　　　開車壓死」煩惱呢？

爸爸：我是為了趕回來送熱的「菜頭粿」給你
　　　吃，才開快一點的啊！

媽媽說：小綸可以原諒爸爸嗎？

（英綸很難過，點點頭）

英綸：我知道爸爸疼我，可是「蛇爸爸」也很
　　　疼小蛇啊！

（爸爸聽了很不好意思）

爸爸：下次我經過「靜香花道」，一定會慢
　　　慢、慢慢、慢慢……的開車，禮讓「小
　　　蛇」……讓他們都能安全的通過馬路，小
　　　綸不要再難過了！

媽媽：小蛇的家被我們人類開了一條「方便」的
　　　馬路，卻讓他失去了安全「回家」的路。

媽媽：爸爸、媽媽現在才知道，原來我們給小蛇
　　　這麼多危險和麻煩，好吧！我們一起來想
　　　想辦法，幫助小蛇，還有蝸牛、雨蛙都不
　　　要被車子壓到，好不好？

（英綸終於破涕為笑）

口白：不過到底怎樣幫助小蛇、蝸牛、雨蛙還
　　　有蚯蚓、毛蟲……們都安全過馬路呢？
　　　這一定又讓英綸再煩惱好幾天呢！

第九屆　第一名
奶奶累了

陳怡萱

奶奶累了
奶奶的步伐累了　鞦韆不見了
奶奶的掌心累了　軟糖不見了
奶奶的笑容累了　乳名不見了
奶奶的眼皮累了　世界不見了
奶奶累了　在木床上睡著了
奶奶累了　為什麼爸爸也跟著
淚了

第九屆　第二名
路燈

吳秋燕

當夜晚來臨
我點亮一盞盞橙色的光芒
為夜歸的人們
吹散一路的昏暗
留下燈火的餘溫
與一個陪伴

人們總是匆匆走過
從不為我駐留
只有滿載金粉的飛蛾
願意投入我的懷抱

小黑蚊們齊聚一堂
和金龜子一同嬉戲
劃破這兒寧靜的夜晚

天漸漸亮了
而我
也進入夢鄉
去尋找另一條漆黑的路

第九屆　第三名
世界之窗

陳偉哲

天剛亮時迷路的魚群游出
厚厚的百科全書
迎向比原野遼闊的海洋之窗
我走向前偷看
俏皮的礁石正戲弄海馬
海馬彎著小巧的身體
像婆婆擁抱澎湖灣一樣
將水紋收入小腹
讓小海馬遊戲到日落

傍晚雲海收拾金黃衣袖
疲憊的雲與睡醒的月亮招呼
比池塘清澈的天空之窗
載滿了風箏的腳印
小孩們歡愉地放牧心底的春天
頭上如同一幅晴天的畫
兩只小鳥低頭飛過
看似一雙細眉對我微笑
歡送太陽快樂地下山

睡覺前打開公園之窗
探訪失眠的玫瑰姐姐
她想念蝴蝶的甜美笑話
還有蜜蜂的嗡嗡蹤影
後院隨風傳來的芬芳
環繞在我溫暖的被窩
我們閒談夜的神話
最後像走散的綿羊
跨越彩虹回到夢的起點

第十屆 第一名
蛀讀

趙文豪

就像是一次神秘的冒險，
我將手指放進了嘴裡。
咕嚕、咕嚕的
眼睛是多話的表情
像大雨前的飛蛾。媽媽
牽著我的手，我睡眼惺忪……

媽媽說：「剛才夢到什麼讓你這麼開心？」

在某座棉花糖城堡裡，
乳白的、粉紅的、蔚藍的、亮黃的、繽紛的

丘陵上的我，盡情打滾
這就像是一次神秘的冒險；
我將雲絲放進了嘴裡，咕嚕、咕嚕
仙子圍繞著我跳舞。我的表情
像是拉起天空的億萬個風箏，
強烈的電流痛擊我的城池
白的、紅的、藍的、黃的、繽紛的
魔鬼率領著億萬顆星星痛擊
──啊，我用糖果球還擊，那塊丘陵因為
恐怖的戰爭，只剩下發黑而凹陷的窟窿。

醒在太空座艙上，太空人叔叔脫下他的面罩
將那塊破敗的丘陵
擺回地球的煙囱上
用憐惜的眼神，看著兔寶寶受詛咒的夢──

那顆，我今天拔的牙

第十屆　第二名
大樹媽媽的孤獨

郭懿萱

・春分
大樹媽媽孕育了幼苗，發芽著
纖細的葉脈如掌紋——
那小小的手掌
青澀地抓穩樹梢，
羞怯仍要探索世界

· 夏至

片片黛綠，大樹媽媽們牽著手

一同等待花開

還要忙著款待稀客：

「蝴蝶來了帶點花粉再走吧！」

「蜜蜂來了帶點糖蜜再走吧！」

就連夜晚，「螢火蟲來幫忙點燈了啊！」

·知秋

掌心成了紅褐色的楓葉

風一吹來，攤開掌心

搖搖晃晃得與樹說聲再見

留下纍纍的記憶，如果實般

讓樹在下一個季節裡

回味

・冬至

總在雪花捎來溫度的訊息後
靜靜地聆聽自然的天籟：
山的鼻息，
河流在冰下奔跑
以及葉的甦醒

樹知道她並不孤獨。

第十屆　第三名
剪頭髮

翁心怡

夏天的午後
晴時多雲偶陣雨
一朵一朵烏色的雲
飛滿了頭頂

電光一閃
來不及掩耳的雷聲大喊
喀擦 喀擦 喀擦
一口一口
咬下了
黑色的細雨

在風中
不停地跳著
輕快的圓舞曲

一絲絲
一段段
一滴滴
你追著我 我追著你
搖搖頭
嘩─
灑了一地的涼意

BG0005

吹泡泡
——林君鴻兒童文學獎童詩作品集

出版策劃單位／林君鴻兒童文學獎管理委員會
統籌／王家禮
企劃／顏崑陽、曾珍珍、吳冠宏、唐淑華、
　　　須文蔚
執行單位／國立東華大學數位文化中心
指導／許子漢
主編／吳亞儒
編輯／陳淑娟、尹麗君、周白麗、張淑慧
圖文排版／詹凱倫
封面設計／陳佩蓉
製作發行／秀威資訊科技股份有限公司
114 台北市內湖區瑞光路76巷65號1樓
電話：+886-2-2796-3638
傳真：+886-2-2796-1377
服務信箱：service@showwe.com.tw
http://www.showwe.com.tw

展售門市／國家書店【松江門市】
104 台北市中山區松江路209號1樓
電話：+886-2-2518-0207
傳真：+886-2-2518-0778
網路訂購／秀威網路書店：http://www.bodbooks.com.tw
　　　　　國家網路書店：http://www.govbooks.com.tw
法律顧問／毛國樑　律師

郵政劃撥／19563868
戶名：秀威資訊科技股份有限公司

出版日期／2014年4月　BOD一版　定價／180元
ISBN／978-986-90294-1-4

國家圖書館出版品預行編目

吹泡泡 : 林君鴻兒童文學獎童詩作品集 / 林君鴻兒童文學獎
編著. -- 一版. -- 花蓮縣壽豐鄉 : 林君鴻兒童文學獎管
委會, 2014. 04
　　面；　公分
BOD版
ISBN 978-986-90294-1-4 (平裝)

859.3　　　　　　　　　　　　　　102027572

讀 者 回 函 卡

感謝您購買本書，為提升服務品質，請填妥以下資料，將讀者回函卡直接寄回或傳真本公司，收到您的寶貴意見後，我們會收藏記錄及檢討，謝謝！
如您需要了解本公司最新出版書目、購書優惠或企劃活動，歡迎您上網查詢或下載相關資料：http:// www.showwe.com.tw

您購買的書名：_____

出生日期：_____年_____月_____日

學歷：□高中 (含) 以下　　□大專　　□研究所 (含) 以上

職業：□製造業　□金融業　□資訊業　□軍警　□傳播業　□自由業
　　　□服務業　□公務員　□教職　　□學生　□家管　　□其它_____

購書地點：□網路書店　□實體書店　□書展　□郵購　□贈閱　□其他

您從何得知本書的消息？

　　□網路書店　□實體書店　□網路搜尋　□電子報　□書訊　□雜誌
　　□傳播媒體　□親友推薦　□網站推薦　□部落格　□其他_____

您對本書的評價：（請填代號　1.非常滿意　2.滿意　3.尚可　4.再改進）

　　封面設計____　版面編排____　內容____　文／譯筆____　價格____

讀完書後您覺得：

　　□很有收穫　□有收穫　□收穫不多　□沒收穫

對我們的建議：_____

_____

_____

_____

11466
台北市內湖區瑞光路 76 巷 65 號 1 樓

秀威資訊科技股份有限公司　　　收

BOD 數位出版事業部

┄┄┄┄┄┄┄┄┄┄┄┄┄┄┄┄┄┄┄┄┄┄┄┄┄┄┄┄┄┄┄┄┄┄┄┄┄┄┄

（請沿線對折寄回，謝謝！）

姓　　名：_____　年齡：_____　性別：□女　□男

郵遞區號：□□□□□

地　　址：_____

聯絡電話：(日) _____ (夜) _____

E - m a i l：_____